GUIN SAGA

Kurimoto Kaoru x Sawada Hajime

2

Éditions Asuka

Résumé de l'histoire

Seuls survivants de la famille royale gouvernant Paroh, exterminée par la puissance montante du Mongaul, les jumeaux, Linda et Rémus sont traqués à travers la forêt où ils ont trouvé refuge.

Ils sont au bord du désespoir lorsque intervient Guin, un homme à tête de léopard qui vient à leur rescousse.

Tous trois passent la nuit dans cette forêt, mais une troupe de guerriers mongauls survient et les capturent. Ils sont conduits à une citadelle dont le commandant porte le nom atrocement évocateur de "comte noir"...

GUIN

Le guerrier à tête de léopard. Hormis son propre nom et le mot "aurra", il a perdu tout souvenir de son passé.

LINDA

Princesse de Paroh. L'ainée des jumeaux, jeune beauté surnommée la "perle de Paroh". Elle est douée d'une forte prescience.

RÉMUS

Héritier légitime de la couronne de Paroh. D'une nature faible, il se réfugie en permanence dans l'ombre de sa sœur en qui on sent une nature de reine.

ISHT VAN

Ancien mercenaire mongaul, il a été jeté au cachot pour s'être rebellé contre Vannon. on le surnomme le "mercenaire rouge".

COMTE VANNON

Le comte noir qui règne sur la forteresse de Stafolos. Atteint de la peste noire, il est entièrement revêtu d'une armure.

ISBN : 978-2-84965-683-9

GRRROU
RRROU
RRROU

FFH...
FFH...

HOMME-LÉOPARD !!

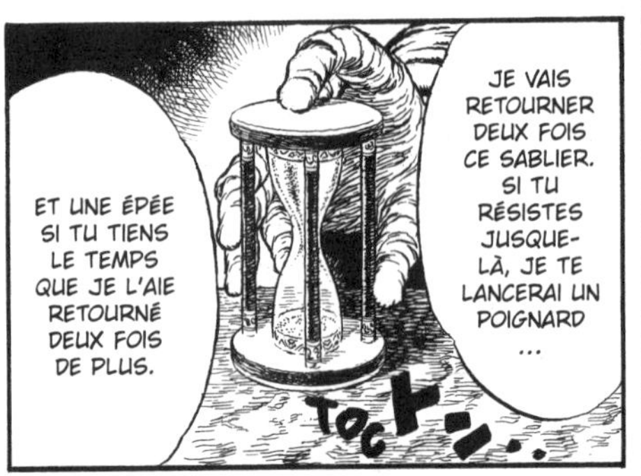
JE VAIS RETOURNER DEUX FOIS CE SABLIER. SI TU RÉSISTES JUSQUE-LÀ, JE TE LANCERAI UN POIGNARD…
ET UNE ÉPÉE SI TU TIENS LE TEMPS QUE JE L'AIE RETOURNÉ DEUX FOIS DE PLUS.
TOC

ON DIT QUE CE SINGE ÉTAIT TOUJOURS AUSSI PUISSANT AVEC CENT FLÈCHES DANS LE CORPS !
BROUHAHA
D'ACCORD, MAIS VOIS UN PEU LES MUSCLES DU TYPE. ON DIRAIT DE L'AIRAIN !
GRRR
RR

ZING
SHLAAA

OOOOH!

BONG
GHAA
GRRRISH

GRAH

OOH!

ATTEN-
DEZ
...

KAOH
MWAOOO
GRRARRRA

VLAM

WUSH
STRT

FWOSH

UN
...

SSSS

MFFFH
MFFFH

FHH
FHH

IL A LE SOUFFLE COURT, FORCÉ-MENT…
MAIS REGARDE LE SINGE, IL N'EST PAS À LA HAUTEUR CONTRE LUI !

SSSS…

MOR-BLEU !
QUEL SPEC-TACLE ENNU-YEUX !

TAC !

SCHLAC !!
ALLEZ, BATTEZ-VOUS !!

TCHANG
OOOO
GRRAAA
VOOSSH

STAC
GNAP

OOO

GHAAAA

TCHAC !!!

GRRRA
RRRA

BLAM
BLAM
BLAM

OUGH !

CRAC
CRAC
CRAC
CRAAC

WOOSH
KRAA
CRAA
KRAA
MMH ...
HAA !!

RR
RR
RR
RR
RR

BRAM

HFF ...
HFF ...
OHOO !!

HUMF...

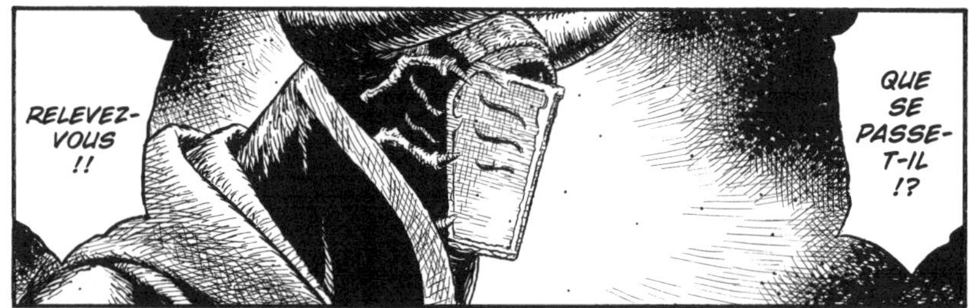
QUE SE PASSE-T-IL !?
RELEVEZ-VOUS !!

BATTEZ-VOUS DONC !!

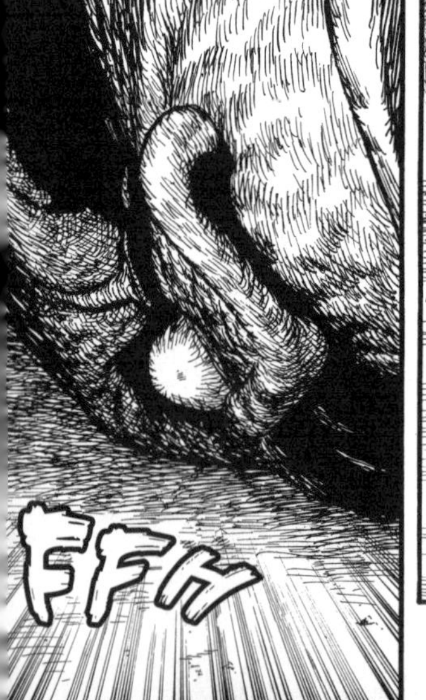
FFH

WOM
L'HOMME-LÉOPARD !!

BAM

BAM
WOSH

BAM

OUCH !

BABAM
FWOOSH

AAH !
ATTEN-TION !!

HOMME-LÉOPARD !!
GRRRA

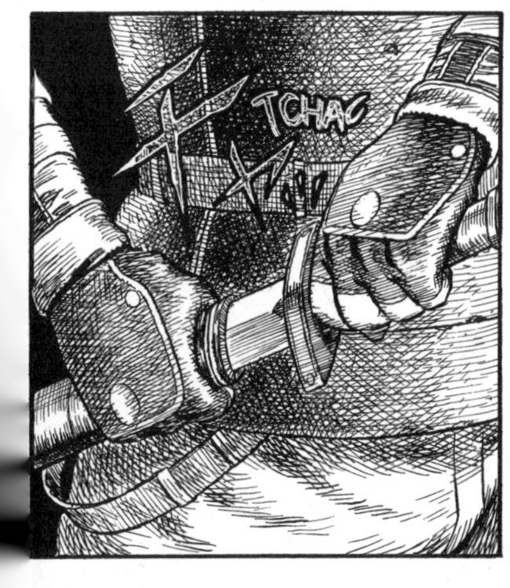
TCHAC

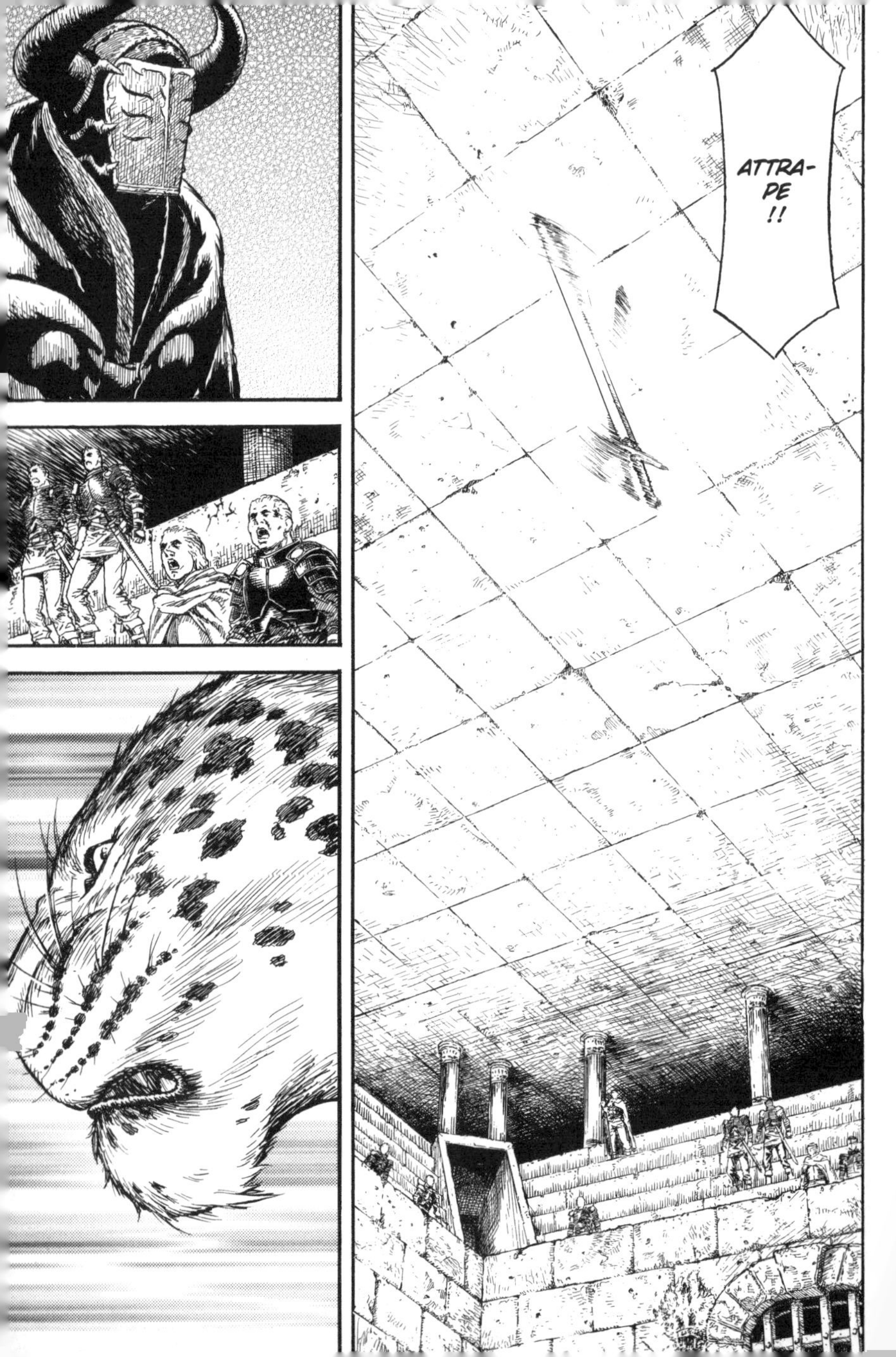
ATTRA-
PE
!!

RRRHAA

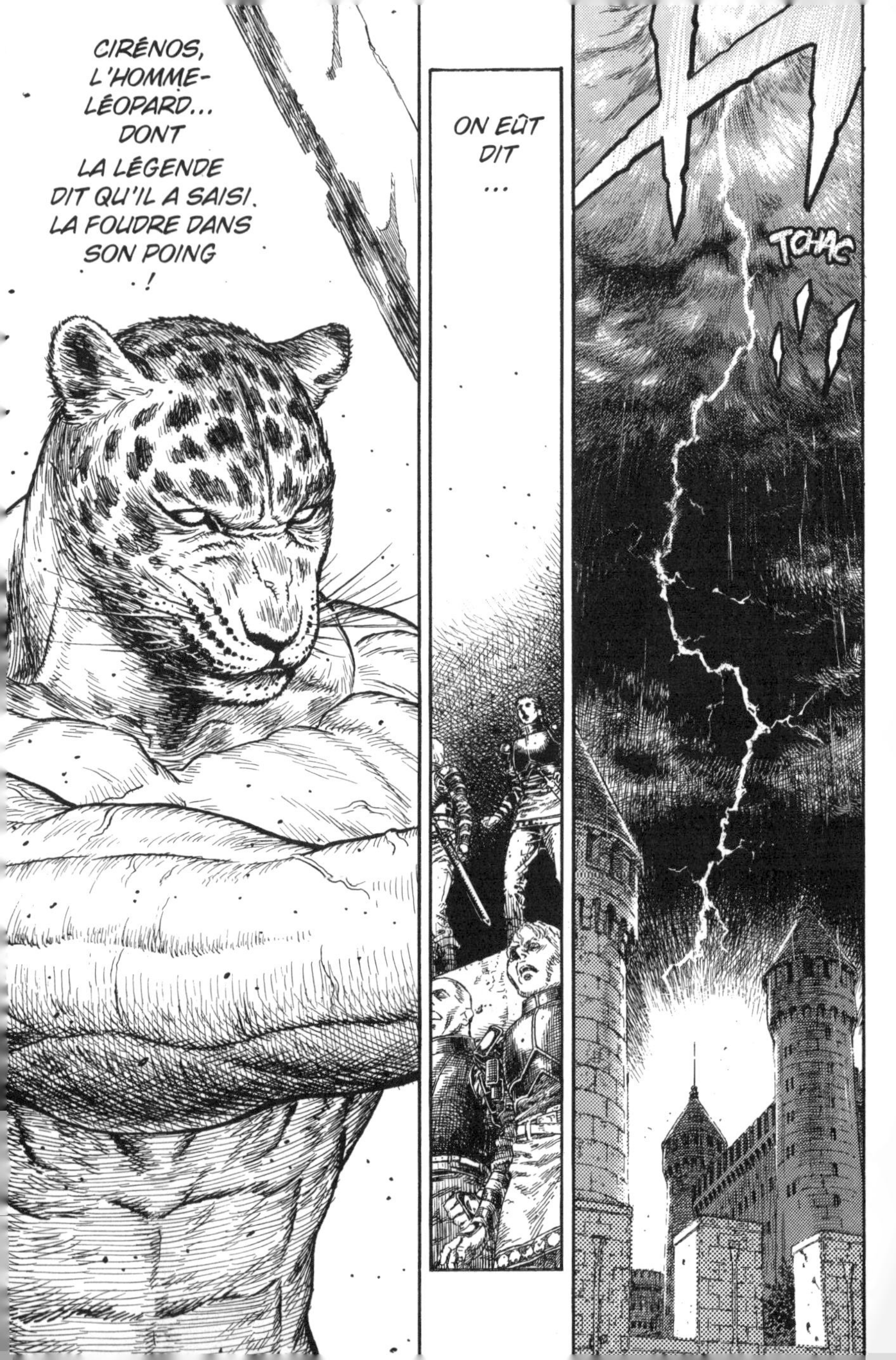
TCHAC
ON EÛT DIT ...
CIRÉNOS, L'HOMME-LÉOPARD... DONT LA LÉGENDE DIT QU'IL A SAISI LA FOUDRE DANS SON POING !

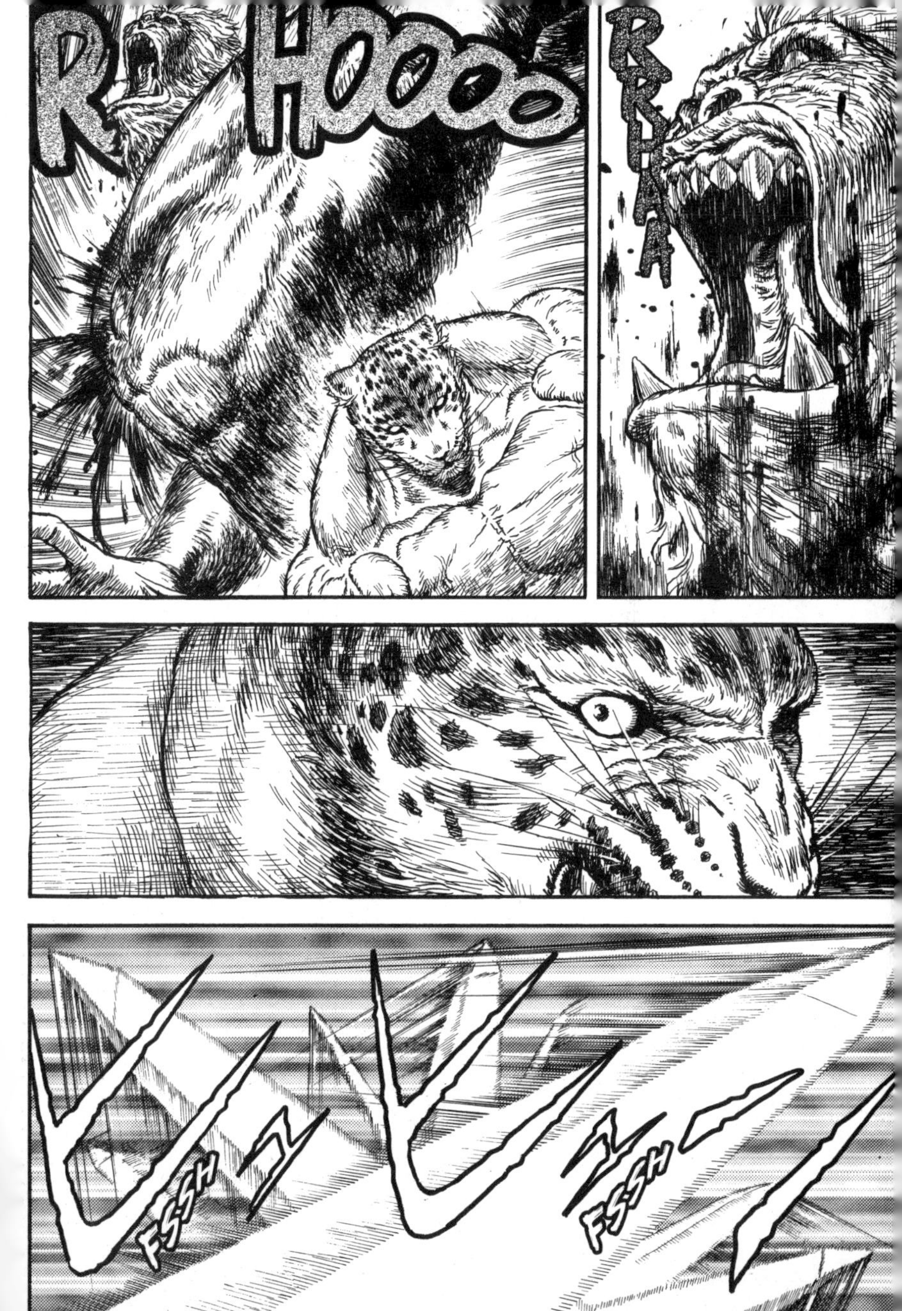
RHOOOO
RRHAA
FSSH
FSSH

BRAOUM
HFF...
HFF...
HFF...
HFF...

BIEN JOUÉ, L'HOMME-LÉOPARD !!

GRRR ...

GNH!

BAM

L'IMBÉCILE !
QUE CELUI QUI LUI A LANCÉ SON ARME SE DÉNONCE !!

PSSS

PSSS

PARDONNEZ-MOI, EXCELLENCE, MAIS ...
IL A MONTRÉ QU'IL ÉTAIT UN COMBATTANT VAILLANT, ET...

SILEN-CE !
JE VOULAIS LE VOIR TUER LE SINGE GRIS À MAINS NUES !!

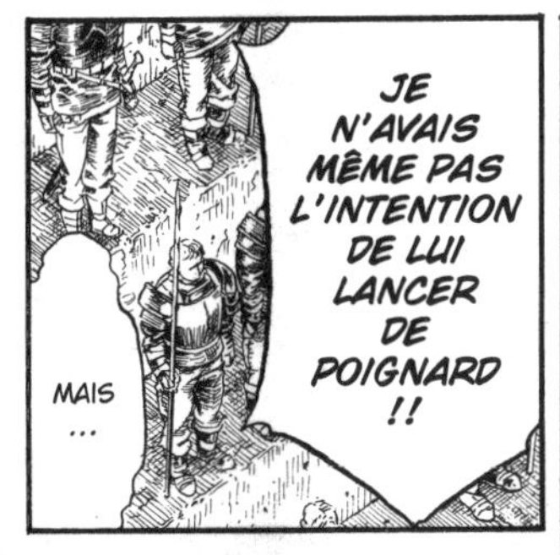
JE N'AVAIS MÊME PAS L'INTENTION DE LUI LANCER DE POIGNARD !!
MAIS ...

M. LE COMTE ...
TAP

C'EST MOI...

...
BOUGRE D'IMBÉCILE !

COMMANDANT !! JETEZ-MOI CE MÉCRÉANT AU CACHOT.

ET QU'IL Y REÇOIVE SON CHÂT...

NON ...

DONNEZ-LUI PLUTÔT UNE ÉPÉE ...
?!

QU'IL SE BATTE CONTRE L'HOMME-LÉOPARD. S'IL L'ABAT, IL PRENDRA LE COMMANDEMENT DE LA 3E COMPAGNIE...
EXCEL-LENCE !!

CE GUERRIER A VAINCU LE GRAND SINGE DE GABUL...
COMMENT ORRO DE TRACE POURRAIT-IL SE MESURER À LUI !?

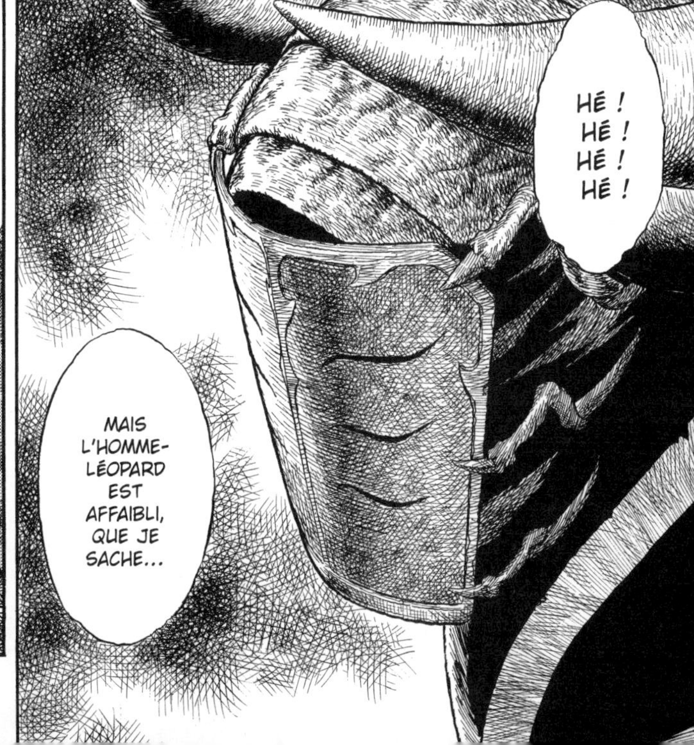
HÉ ! HÉ ! HÉ ! HÉ !
MAIS L'HOMME-LÉOPARD EST AFFAIBLI, QUE JE SACHE...

JE COMPTE SUR TOI POUR M'OFFRIR UN BEAU COMBAT, ORRO...

HA HA HA HA !
SORTEZ LES MAR-CHES !!

CLAC

SSSHRRRR

RRR RRR RRR RRR

RRR RRR RRR RRR RRR

BOBOM

ZING

HAAA

!

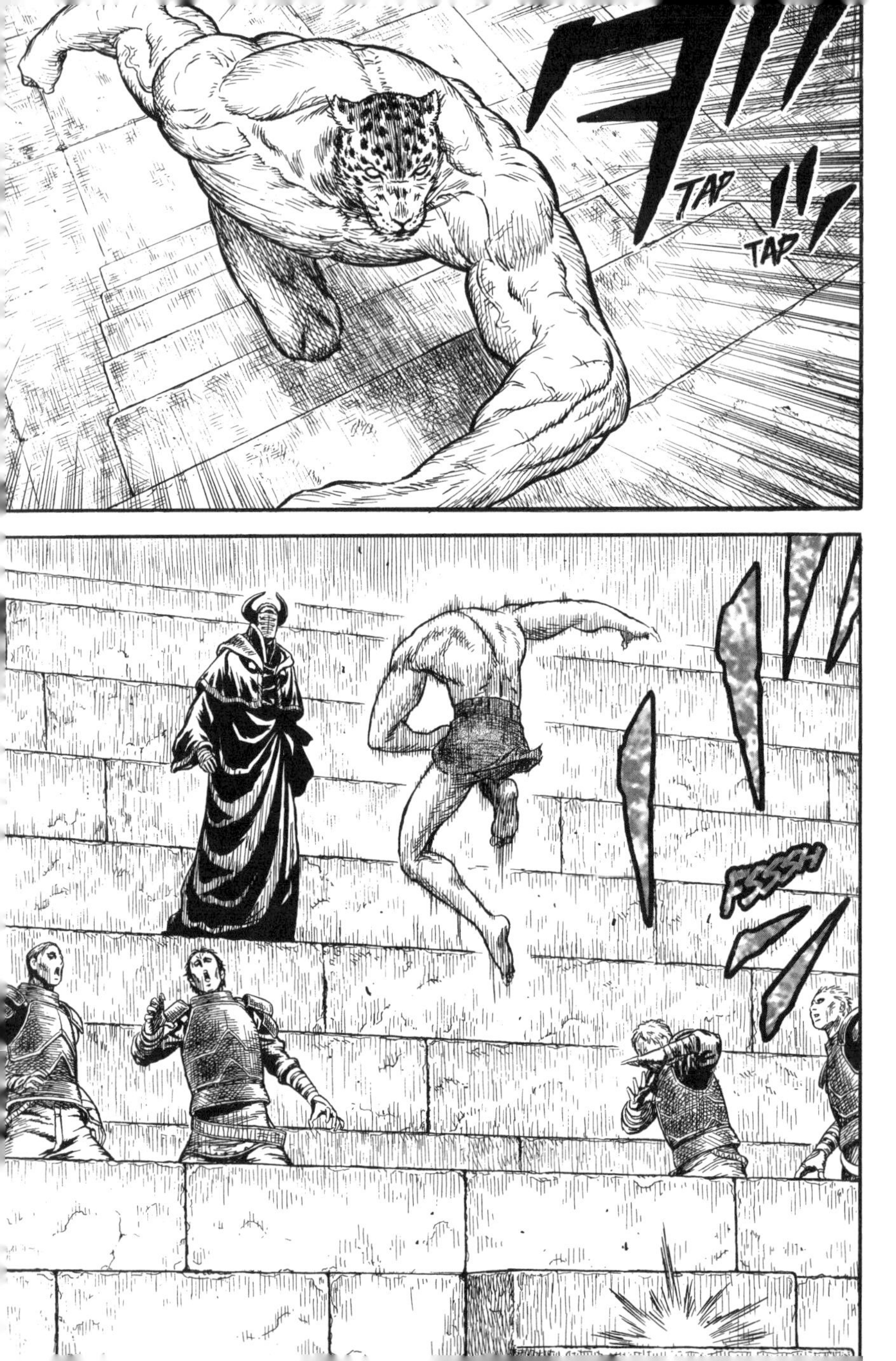
TAP
TAP
FSSSH

BAM

EXCEL-
LENCE
!!

GRAP
SI VOUS NE VOULEZ PAS QUE VOTRE MAÎTRE AIT LA NUQUE CASSÉE ...
LIBÉREZ LES JUMEAUX DE PAROH !

ARRÊTE !!

C'EST TOI, ORRO DE TRACE ?

JE N'OUBLIERAI PAS CE QUE TU AS FAIT POUR MOI ...

HÉ ! HÉ ! HÉ ! ...

POURQUOI RIS-TU ?!
EN ME BRISANT LA NUQUE, TU CASSERAS ...
ÉGALEMENT LE MASQUE QUI M'ISOLE DU MONDE EXTÉRIEUR. ET ALORS ...

LES MIASMES QUI ME RONGENT SE RÉPANDRONT DANS LA SALLE ...
ET TOUS CEUX ICI PRÉSENTS ATTRAPERONT CE MAL QUI ME FAIT POURRIR SUR PIED !

VAS-Y, FAIS-LE, SI TU L'OSES !!

PAS UN GESTE !!
GNAP

!!

SHTAK

MH
...

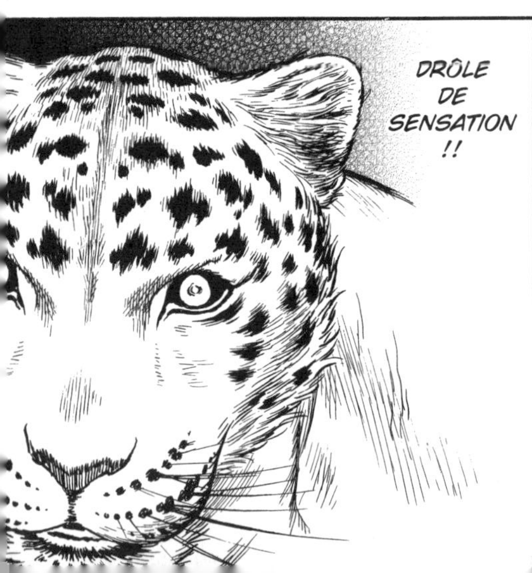
DRÔLE
DE
SENSATION
!!

EH BIEN ?
AURAIS-TU PRIS PEUR ?

NE BOUGE PAS ...
SINON, MA CHAIR MAUDITE SERA EXPOSÉE AU VENT, ET...

EX... EXCELLENCE !!
AYEZ PITIÉ !!

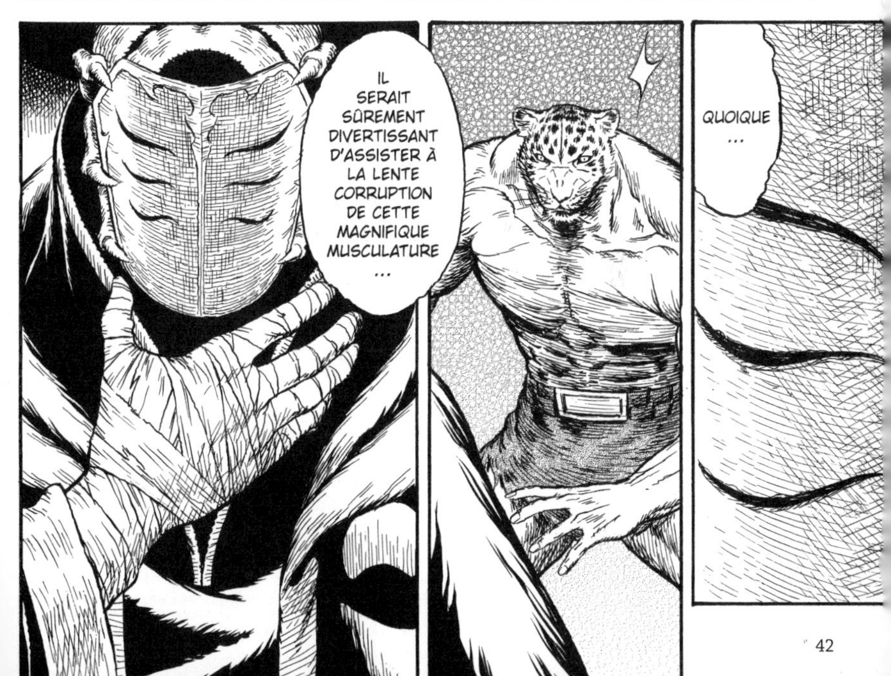
QUOIQUE ...
IL SERAIT SÛREMENT DIVERTISSANT D'ASSISTER À LA LENTE CORRUPTION DE CETTE MAGNIFIQUE MUSCULATURE ...

MH !
WAN
HYAAAA

QU'ATTENDEZ-VOUS ?!

EMPAREZ-VOUS DE LUI !

CLANG

NETTOYEZ-LE DE CE SANG, SOIGNEZ-LE, ET DONNEZ-LUI À MANGER. ENSUITE, QU'IL SE REPOSE …
…
JE COMPTE BIENTÔT LE FAIRE PARTICIPER À UN TOURNOI, À TRACE.

QUANT À CET ABRUTI À L'ÂME SENSIBLE …
JE VOUS LAISSE LE CHOIX DE SON CHÂTIMENT, COMMANDANT.

…

EMMENEZ-LES !!
SSSHHH
SSSHHH
SSSHHH

TAP
TAP

TAP
TAP
...

TU ES UN MERVEILLEUX COMBATTANT ...

SI JE T'AVAIS LAISSÉ TUER, JE N'AURAIS PLUS MÉRITÉ DE PORTER UNE ÉPÉE.
...

VANNON,
LE COMTE NOIR
...

QU'EST-CE QUI SE CACHE DERRIÈRE TOUT ÇA
...

GRAC

SSHH
SSHH
SSHH

IL NOUS A DUPÉS ...
EH BIEN, GAMIN ...

EN NOUS FAISANT CROIRE ...
QU'IL ALLAIT FUIR AVEC NOUS.

SHRAAAC

BRRRROOO
HOUU !

RRRROOOOOO

J'AIMERAIS RENTRER ...
PRINCE RÉMUS !!
PRIN-CESSE LINDA !!
POURQUOI ...
POURQUOI N'AI-JE PU PRÉVOIR L'ATTAQUE DES MON-GAULS ?

PÈRE !!
PÈRE !!
NE VOUS RE-TOUR-NEZ PAS !!

PAR ICI !!
LA... LA TOUR DE JANOS ?!
BRR
RAA
RRRA
AAAM

NE BOUGEZ PLUS, JE VOUS EN PRIE !!
?!

LES VOILÀ !!
BRAM
À NOUS LA TÊTE DE L'HÉRITIER !!

STOMP
STOMP
M. LE MINISTRE !!
NON !
CLANG
CLANG
NE BOUGEZ PAS !

PRINCE ! PRINCESSE !
PAM
QUE LE CIEL SOIT AVEC VOUS !!
HA !
WHOOOO

RRHAA !
TCHA

M. LE MI...
WHOOOO

M. LE MINISTRE !!
LES COORDONNÉES...
SONT FAUSSÉES...
QUE YARN AIT PITIÉ DE VOUS !!

ILS SONT TOUS MORTS...

ET BIENTÔT, CE SERA NOTRE TOUR...

ME REVOILÀ...
PRINCE.

GU...

GUIN !!
BAM

NE PLEURE PAS...
JE N'ALLAIS PAS MOURIR POUR SI PEU.

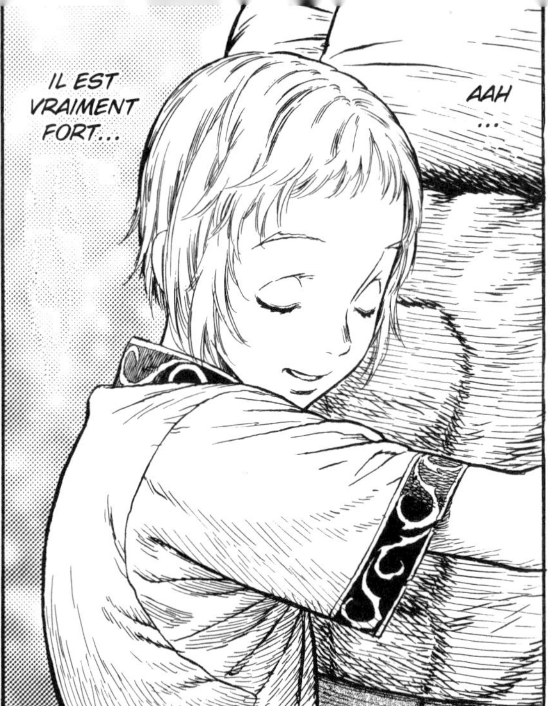
AAH
...
IL EST
VRAIMENT
FORT...

RÉMUS
...

?

À...
L'AIDE
...

QUI...
QUI ME
PARLE
?!

LI... LINDA ?!
NOOON !!

OUMF !!
QUELLE PUANTEUR !!

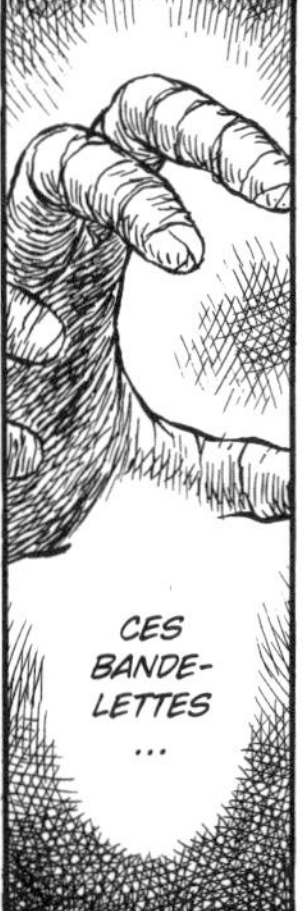
CES BANDELETTES...

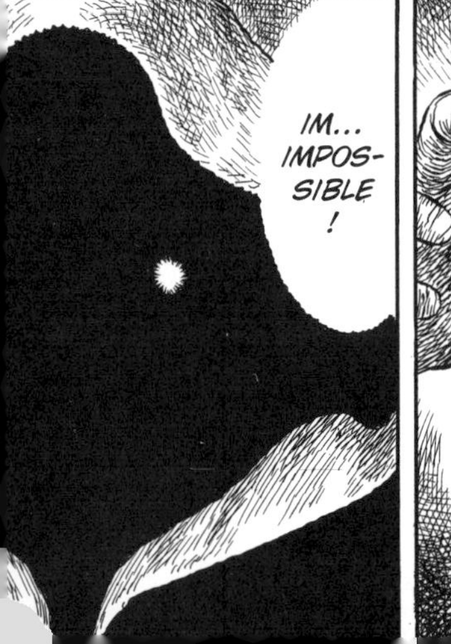
IM... IMPOSSIBLE !

VAN-NON ?!
N... NON !!
N'APPROCHEZ PAS !!

?!

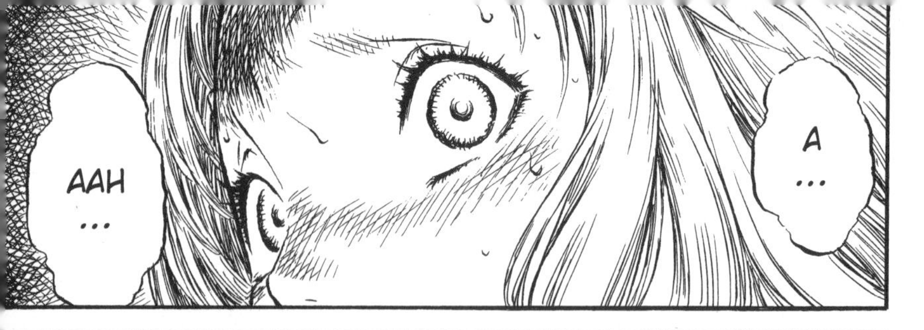
A ...
AAH ...

NNOOOOOON!!
CHLINNG
SSHH
SSHH
QUI AVAIT MISÉ SUR L'HOMME-LÉOPARD ?

JAMAIS J'AURAIS IMAGINÉ QUE PAREILLE CRÉATURE PUISSE EXISTER ...
IL A TOUT DE CIRÉNOS, MA PAROLE !!

MH !! IL S'EST MONTRÉ VALEUREUX AU COMBAT !!
J'AI PERDU, MAIS JE NE REGRETTE RIEN !!

N'IMPORTE QUOI ! ÇA N'A RIEN À VOIR ...
HA ! HA ! HA !

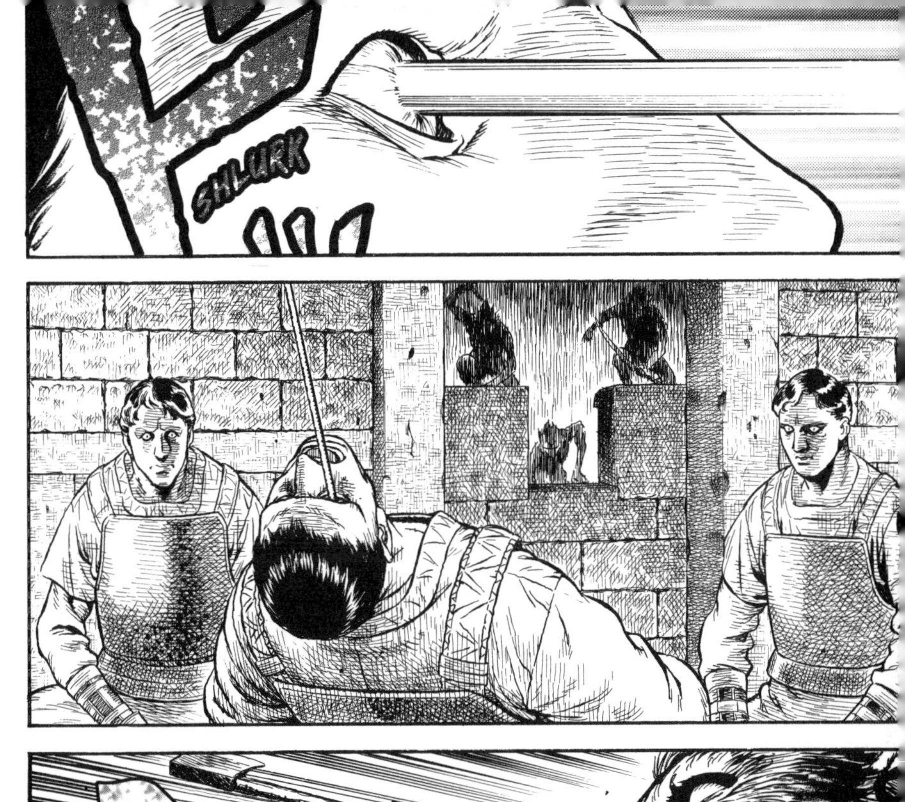
SHLURK

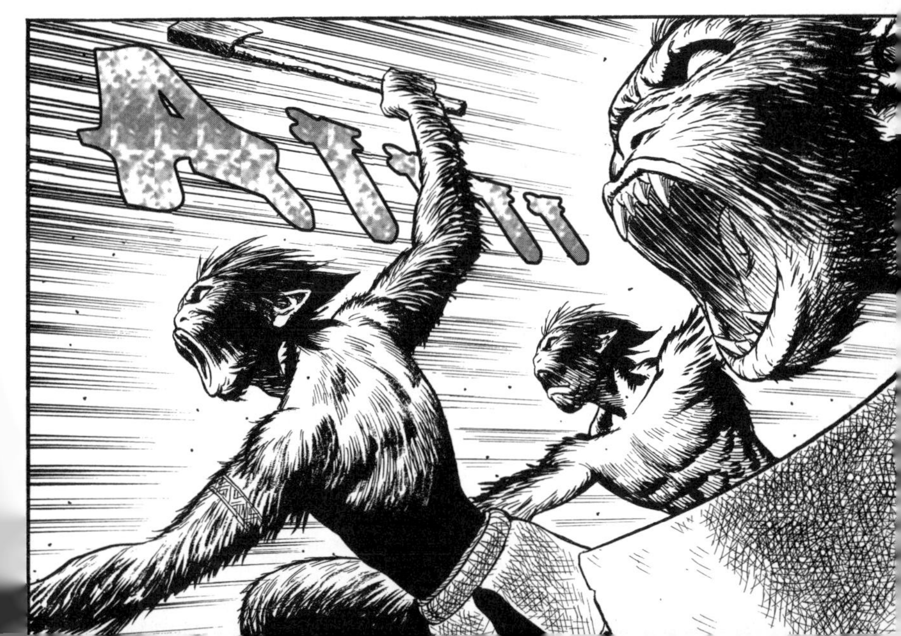

OUOOOH!!
CRASH
TCHONG

SCHTAC
SCHTAC
AÏÏÏÏÏ!!

SCHTAC
SCHTAC

ATTAQUE ENNEMIE !!
DONG
DONG
ATTAQUE ENNEMIE !!

?!
PLUS LÀ !!

...

CETTE ODEUR ABOMINABLE ...
CETTE SILHOUETTE DE CAUCHEMAR ...

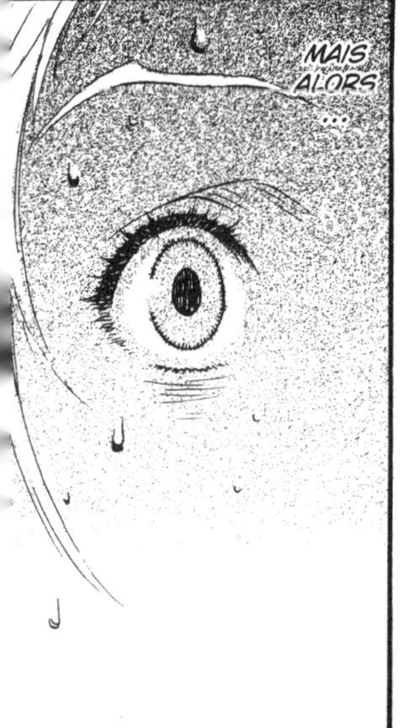
MAIS ALORS ...

IL AURAIT VRAIMENT CONTRACTÉ LE MAL NOIR ?!

NOOON !!
RIEN NE ME DIT QU'IL S'AGISSAIT DE VANNON ...

ATTA-QUE ENNE-MIE !!
LES SEM NOUS ATTA-QUENT !!

UNE ATTAQUE ...
HEIN ?!

ATTAQUE ENNEMIE !!

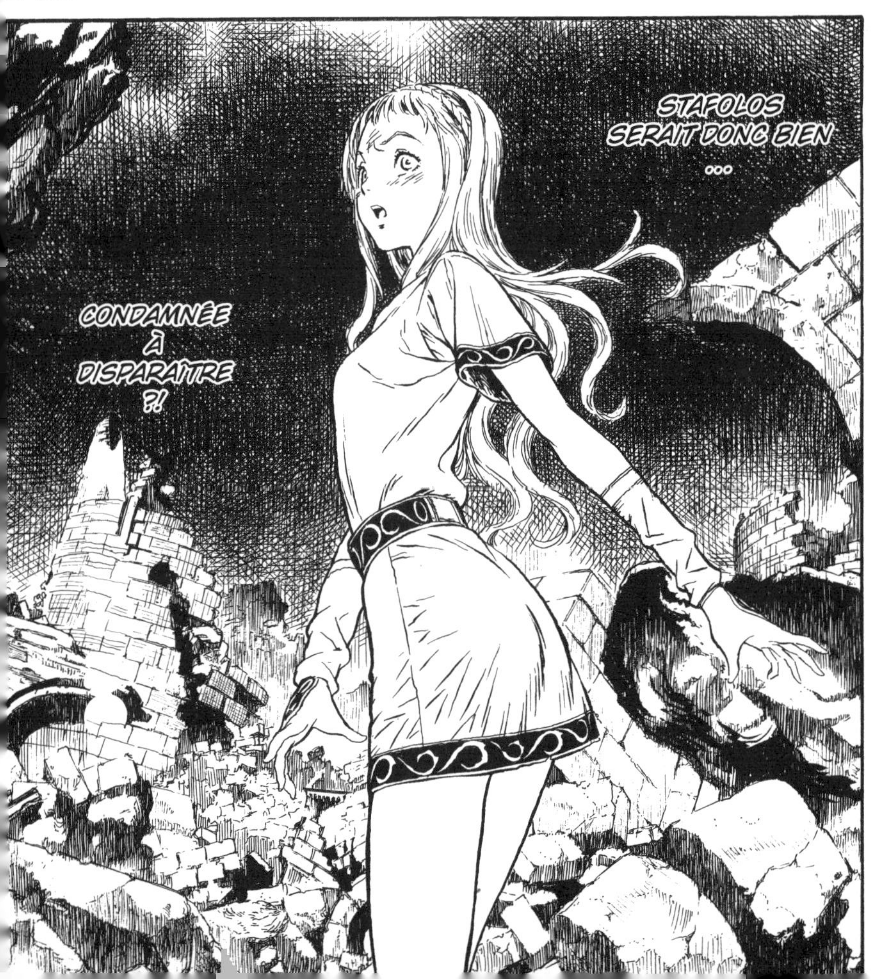
STAFOLOS SERAIT DONC BIEN ...
CONDAMNÉE À DISPARAÎTRE ?!

SUNI !! LÈVE-TOI !!
SUNI !!

PAS DE DOUTE !!
C'EST BIEN LINDA QUI APPELAIT À L'AIDE !!

ET TU L'AS SENTI ?!
IL FAUT VITE ALLER À SON SECOURS !!

ATTAQUE ENNEMIE !!
LES SEM NOUS ATTAQUENT !

ATTA-
QUE
ENNE-
MIE
!!
CE
SONT
LES
SEM
!!

ATTA-
QUE
ENNE-
MIE
!!
...

ZIOU
ZIOU
ZIOU

STONC
STONC
STONC
STONC

TAP
TAP
TAP
TAP

ILS NE DOIVENT PAS ENTRER !!
TAP
TAP
TAP

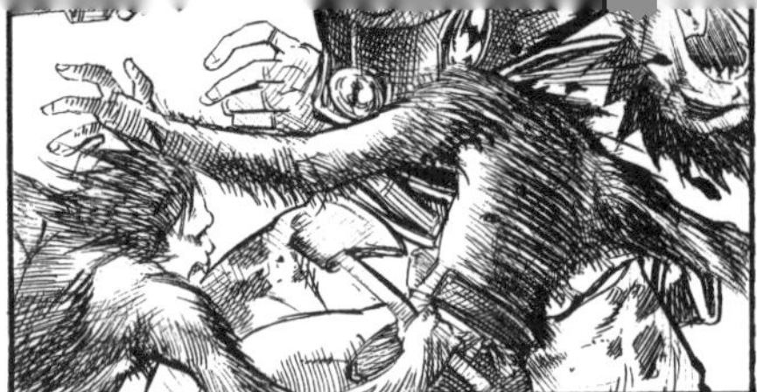

PAR LA MORT !! IL EN VIENT DE PARTOUT !!

IL NOUS FAUT DE L'AIDE !!

LA COUR INTÉRIEURE EST PRISE D'ASSAUT !!
APPELEZ LA 6E COMPAGNIE EN RENFORT !!

DU RENFORT ?! VOUS VOULEZ RIRE OU QUOI ?!

REGARDEZ PAR ICI !!

STOMP
STOMP
STOMP
STOMP
Aïïïï !
Aïïïï !

ZIP
ZIP
ZIP
TIREZ !!

STOMP
STOMP
STOMP
STOMP
Aïïïï !
WHA
WHA

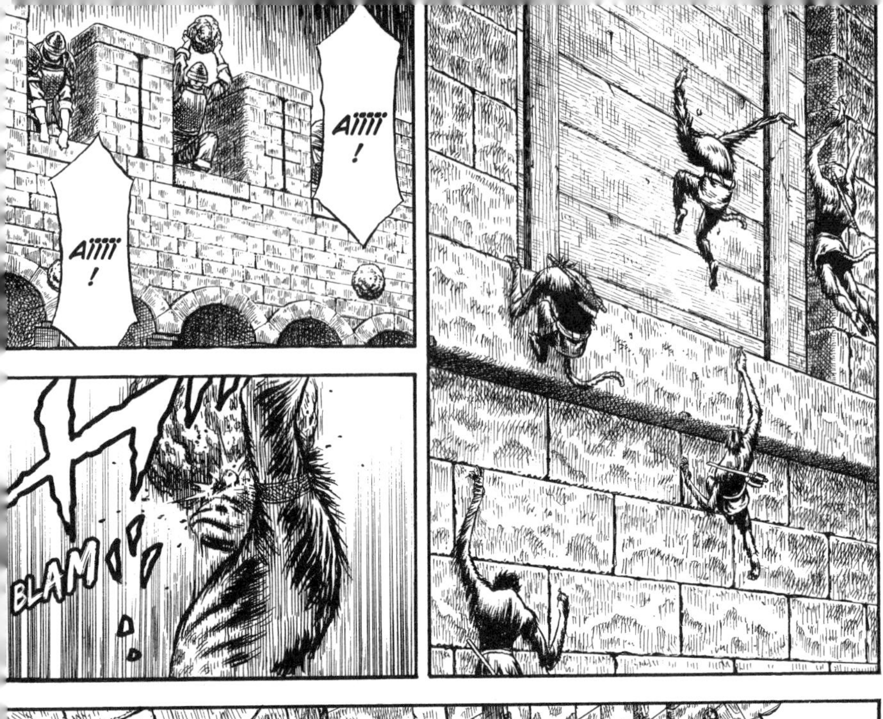
Aïïïï !
Aïïïï !
BLAM

APPORTEZ D'AUTRES PIERRES !!
ARCHERS ! AUGMENTEZ LA CADENCE !

INCROYABLE !!
ON N'A JAMAIS VU LES SEM MENER UNE ATTAQUE DE CETTE AMPLEUR !

TENEZ BON !!
ET DITES-VOUS BIEN QUE LEURS ATTAQUES ONT TOUJOURS ÉCHOUÉ !!

OUCH !
GRAP
LES VOILÀ !!

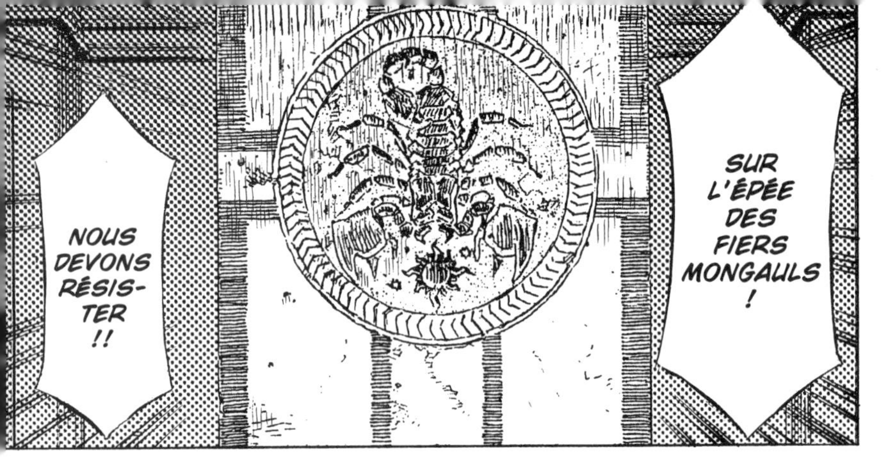
SUR L'ÉPÉE DES FIERS MONGAULS !
NOUS DEVONS RÉSISTER !!

LAISSEZ-NOUS SORTIR !
LAISSEZ-NOUS SORTIR !

J'VEUX PAS ÊTRE DÉPECÉ VIF PAR LES SEM !!

GEÔLIERS !!

JE VEUX SORTIR !!
JE VEUX SORTIR !!

ÉCARTE-TOI, PRINCE.
HEIN ?

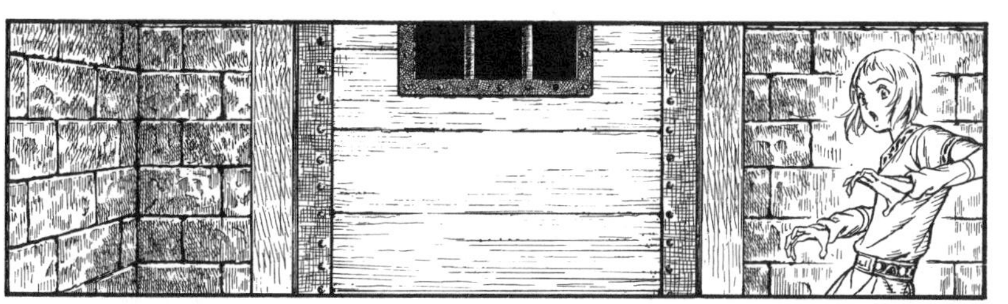

BAM

TCHANK
AÏÏÏÏÏ !
À CE RYTHME, ON VA VITE ÊTRE SUBMERGÉS !

JE VAIS DEMANDER DES INSTRUCTIONS À SON EXCELLENCE.

TAP
TAP
TAP
HOLÀ !!
DÉFENDEZ LA PLACE JUSQU'À MON RETOUR !

À VOS ORDRES, COMMANDANT !!
AÏÏÏÏ !
AÏÏÏÏ !

OUOOOH...

AÏÏÏÏ !
OOOOOO !

BRRR
RAAA
AAA
AAA
BLAM

BWOOOOSH

GEÔLIER, OUVRE-MOI !!
JE VEUX ME BATTRE CONTRE CES SINGES, MOI AUSSI !!

OUVRE-MOI !
STOMP
STOMP
AU SECOURS !

PAS QUESTION !!
SON EXCELLENCE NE M'A DONNÉ AUCUN ORDRE EN CE SENS...

BRAM

BRAM
HO-HOO ?!

QU ...
QUELLE FORCE MONS-TRUEUSE !

SCLINNG
VOILÀ, VOILÀ, J'OUVRE.

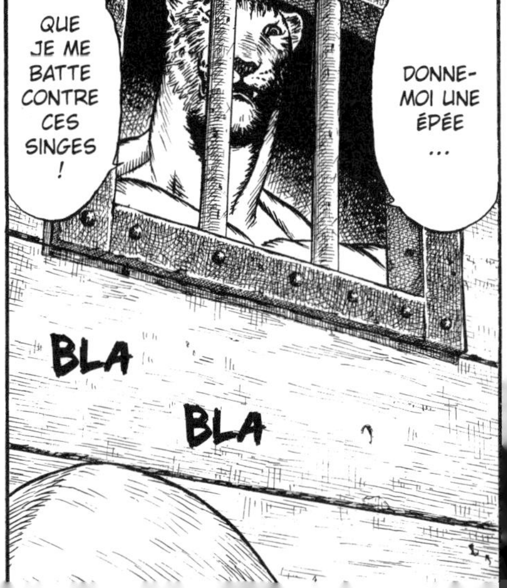
DONNE-MOI UNE ÉPÉE ...
QUE JE ME BATTE CONTRE CES SINGES !
BLA
BLA

TU-TU-TUT !!
VOUS, SON EX-CELLENCE M'A OR-DONNÉ DE VOUS MENER EN LIEU SÛR ...
BRRROOORRR

PRÈS DE L'AUTRE MONSTRE NOIR !
MERCI BIEN !!
FERME-LA !! TU OSES PARLER DE MONSTRE, TOI !!

HÉ !!
SHLURK

ZIF
ZIF
ZIF
ZIF
ZIF

AÏÏÏÏ !
AÏÏÏÏ !

LES...
LES SEM !

CRAG
FLAF

PITIÉ ...
PITIÉ ...

HAK
HAK

TCHANK

Aïïïï !
Aïïïï !

ZONG
!!

BLAM

RIAH !
RIAH !

AR-FET-TOH !

PRINCE !!

COMPRIS !

STICLIIING

PAR ICI !!
TAP TAP

RHIRA-LAH !!
MUL-SUTO-RHAT !

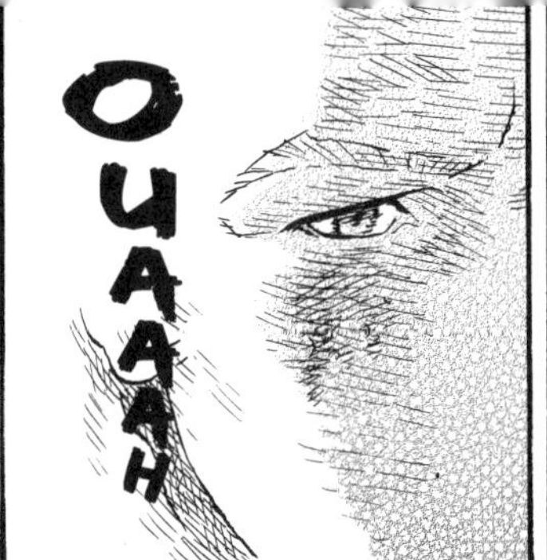
OUAAAH

LA GRAND-PORTE ...
LA GRAND-PORTE, VITE !

BRRAM

BRRR
RRRROORR
RRRROOOO
RRRROOOO

Aïïïï !

BRRROO
RRROOOO
RRROOOO
OOOO
Aïïïï !
Aïïïï !

C'EN EST DONC FINI ...
DE STAFOLOS ?

LA TOUR AUX PRISON-NIERS ...

...

ゴオオオオ
WWHOOOO

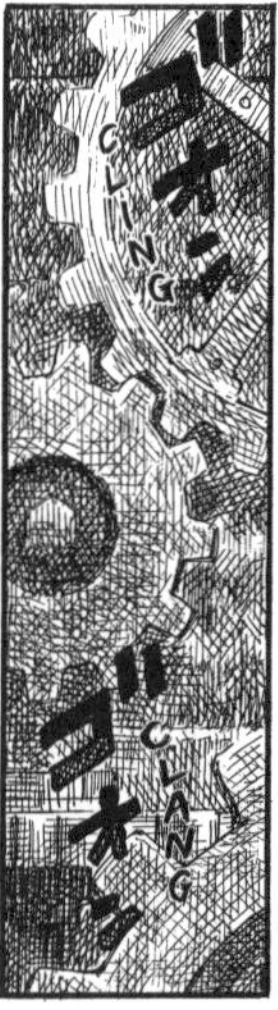
ゴオン
CLING
ゴオン
CLANG

ゴゴゴゴ
BRROO
BRROO

ズズズ
KRRRR
RRRR

HMFFFFUFFF
FFH
FFH

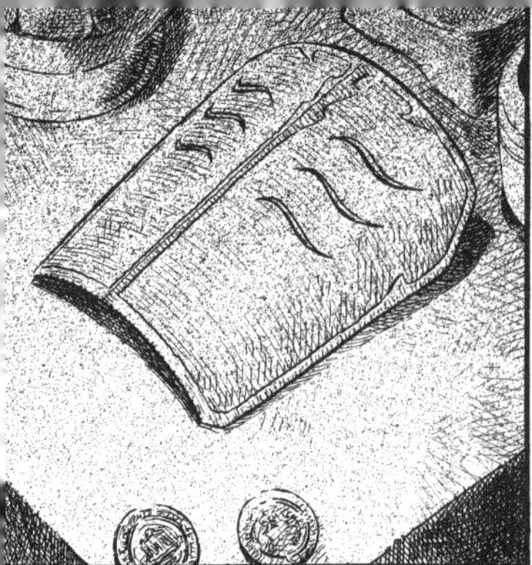

EXCEL-
LENCE
!!
BOM
BOM
M. LE
COMTE
!!

OUI
?!

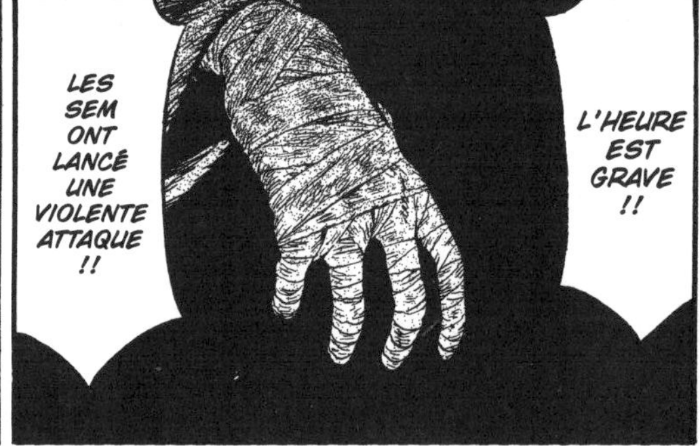
L'HEURE
EST
GRAVE
!!
LES
SEM
ONT
LANCÉ
UNE
VIOLENTE
ATTAQUE
!!

JE
LE
SAIS
...

LES 2E, 3E ET 5E BATAILLONS ONT ÉTÉ DÉCIMÉS, LES AUTRES ONT SUBI DE LOURDES PERTES...
LA PRISE DE LA GRAND-PORTE N'EST PLUS QU'UNE QUESTION DE MINUTES !!

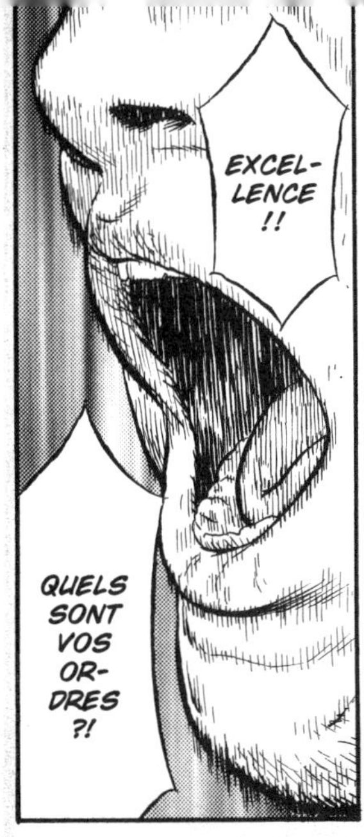
EXCELLENCE !!
QUELS SONT VOS ORDRES ?!

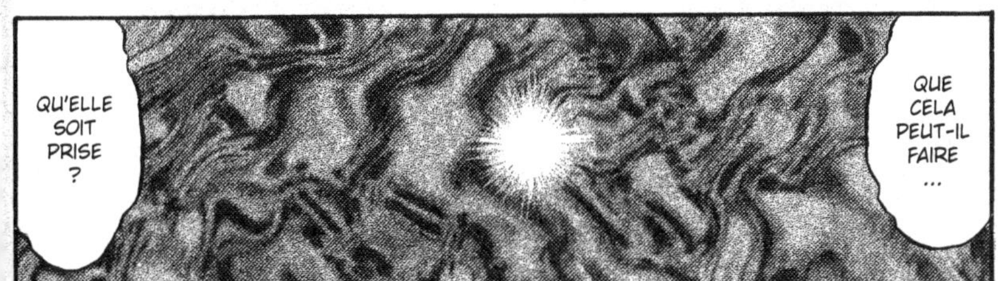
QUE CELA PEUT-IL FAIRE ...
QU'ELLE SOIT PRISE ?

COMMENT !?

PEU M'IMPORTE QU'ELLE TOMBE !
JE PEUX BIEN LEUR FAIRE CADEAU D'UNE SIMPLE PLACE FORTE, À CES MACAQUES...

EXCEL-
LENCE
!!
BAM

!

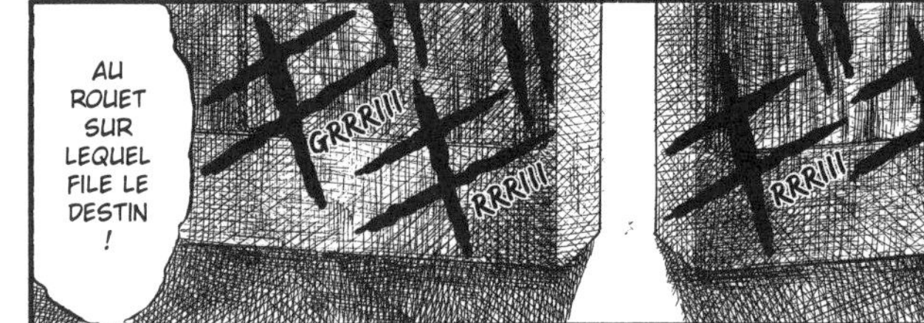
LAISSE
DONC
LE
SORT
DE CETTE
PLACE
...
RRRIII
RRRIII
RRRIII
GRRRIII
AU
ROUET
SUR
LEQUEL
FILE LE
DESTIN
!

AAAAAAAAAAA

LINDA !!

LINDA !!
OÙ ES-TU ?!

AÏIIIII

PRIN-
CE...
OÙ
EST-
ELLE
!?

PAS
À
CET
ÉTAGE,
APPA-
REM-
MENT
!!
TAP
TAP

BON,
PASSONS
AU
SUIVANT
!!
TAP
TAP

VAS-Y, CHERCHE-LA !!
ENTENDU !!
AÏÏÏÏ !

LINDA !

RAHOUUUUUU !

GUIN !

ELLE N'EST NULLE PART !!
FFH ...
FFH ...
...

CE CALME, AU DEHORS, N'EST PAS NATUREL ...
SI CE FORT TOMBE, NOTRE ÉVASION N'EN SERA QUE PLUS DIFFICILE ...

...

NE FAIS PAS CETTE TÊTE...
CONTI-NUONS !

!
TAP TAP
TAP TAP
LE DERNIER ÉTAGE ?!

LE DERNIÈR CACHOT, AUTREMENT DIT…
…

SI ELLE N'EST PAS LÀ …

FFH FFH

HMPFFFF

LIN-DA !!
LINDA, TU ES LÀ ?!

RÉ ...

RÉMUS !!
LI ...

LIN-DA !!
HAAA

RÉ-MUS !!
LIN-DA !!

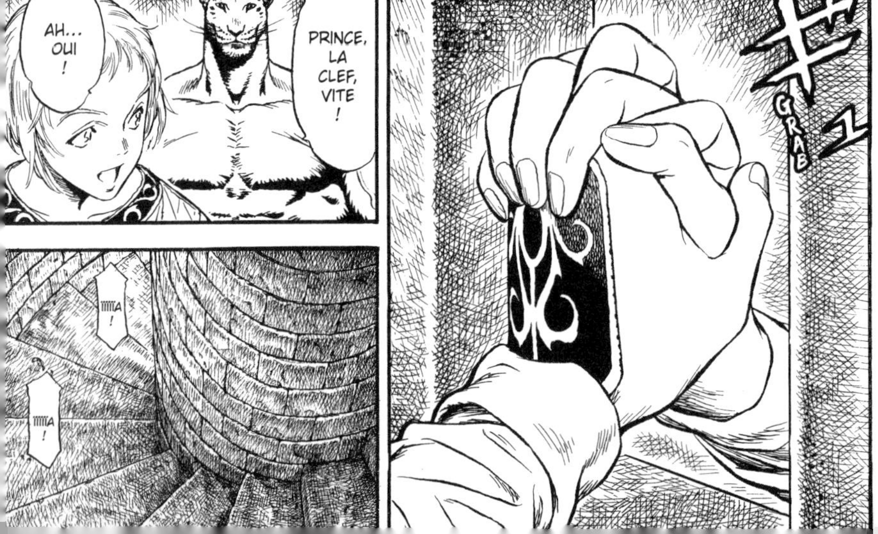
GRAB
PRINCE, LA CLEF, VITE !
AH... OUI !
IIIIIA !
IIIIIA !

IIIIIA !
IIIIIA !
CLANG
CLANG

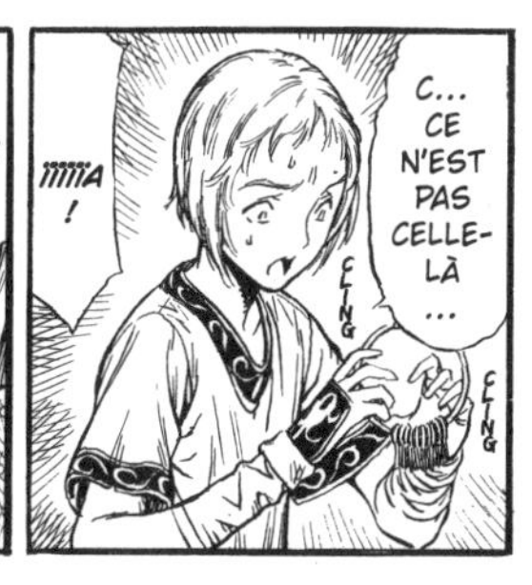
C... CE N'EST PAS CELLE-LÀ...
IIIIIA !
CLING
CLING

RÉ-MUS !
IIIIIA !

IIIIIIIA !

WONG

AÏÏÏÏÏÏ !

PRINCE !! OUVREZ VITE, ET ENTREZ !!
TCHONG

D'AC-CORD ...
CLING
CLANG
CLING

SSS
TAP TAP
PRINCE !!

À TERRE !!

STONC

ORRO DE TRACE !
ÇA Y EST !!
CLAC

MH ...
HAN
...
Brrr
Brrr

FHH
...
FHH
...
FHH
...

LIN-
DA
!!
RÉ-
MUS
!!

AH...
AAAH...

C'EST LA SECONDE FOIS QUE TU ME SAUVES...
FFH...
FFH...
CE SERAIT VRAIMENT DOMMAGE QU'UN GUERRIER TEL QUE TOI MEURE ICI...

LA CHUTE DU FORT N'EST PLUS QU'UNE QUESTION DE TEMPS...
IL FAUT VI...

STONG

ORRO !!
AÏÏÏÏÏ!

ORRO !!
ALLONS !!

VITE... IL FAUT FUIR D'ICI...

LA GRAND-PORTE A ÉTÉ ENFONCÉE ...
FHH
CETTE TOUR NE TARDERA PAS À ÊTRE ENVAHIE ELLE AUSSI ...
FHH

NE PARLE PAS TANT.
C'EST À MON TOUR DE TE VENIR EN AIDE.

NON... JE SUIS PERDU...

MES CAMARADES... ET MON CAPITAINE SONT TOUS MORTS...
SOIS CENT FOIS MAUDIT, YARN, QUI A CONDAMNÉ CE FORT À UNE SI MISÉRABLE FIN...

NE PUIS-JE RIEN FAIRE POUR TOI ?

SI... SI TU AS BESOIN DE SECOURS, À TRACE...
VA TROUVER GODALO, LE TENANCIER DE "LA FUMÉE ET LA PIPE", DANS LA VILLE BASSE...
C'EST MON PÈRE. C'EST UN HOMME GÉNÉREUX, ET QUI VOUDRA SAVOIR COMMENT SON FILS EST MORT...

GRAB

EN-
TENDU
!

TU ES… UN GUERRIER MER-VEILLEUX…

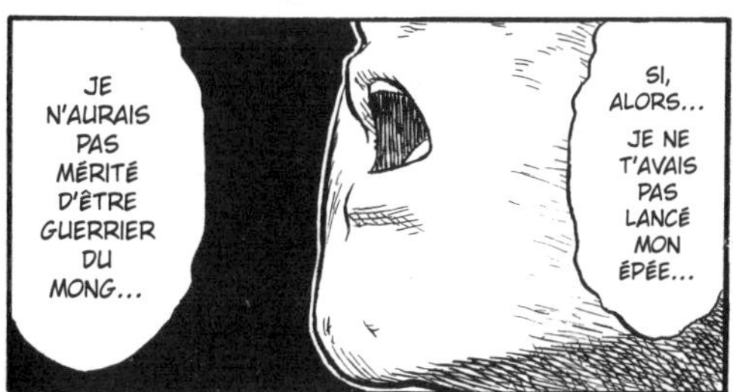
SI, ALORS… JE NE T'AVAIS PAS LANCÉ MON ÉPÉE…
JE N'AURAIS PAS MÉRITÉ D'ÊTRE GUERRIER DU MONG…

IIIIIA !
IIIIIA !
TU ÉTAIS UN BRAVE...
ORRO DE TRACE !
IIIIIA !
IIIIIA !

ET C'EST AVEC L'ÉPÉE D'UN BRAVE...
QUE JE VAIS FAIRE SAUTER LA TÊTE DE CES SEM !

TOMPO
TOMPO
TOMPO
TOMP

SUNI !!
DIS-LEUR QUE NOUS NE SOMMES PAS LEURS ENNEMIS !!
NYA TA-MUK-HANA !
SUNI ?!

CLANG
!

LES JU-MEAUX !!

ZIOUUUUUU

RRRÂAH

BLAM

AIIIIII !

TOMPO
TOMPO
TOMPO
TOMP
AÏÏÏÏÏÏÏ !

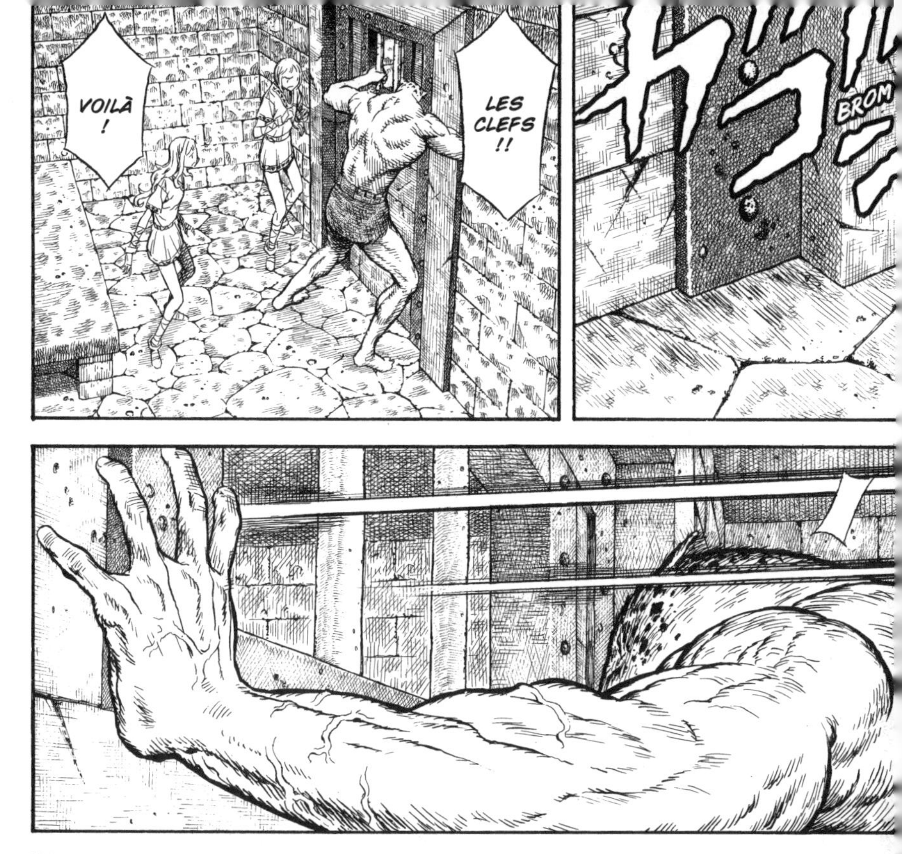
VOILÀ !
LES CLEFS !!
BROM

RRRRR
CLANG
C'EST BON !!

GRRR
BROM
Aïïïïïï !
BRAMF

!
UN SEM ?!

MAIS NON !!
ELLE N'EST PAS MÉ-CHANTE, ELLE !!

SUNI !! DIS À CEUX QUI SONT DEHORS QUE NOUS NE SOMMES PAS DES ENNEMIS !!

ELLE DIT QUE CE NE SONT PAS DES RAKUS...
MAIS LEURS ENNEMIS, DES KAÏROS...

GUIN !! TU PARLES SEM ?!
HUM...
IL SEMBLERAIT, OUI.

BRRROOOM

AÏÏ AÏÏ AÏÏ !
AAAAAA !

BROOOM

LES KAÏROS SACRIFIENT LEURS CAPTIFS AUX DIVINITÉS. ILS LES TORTURENT, PUIS LES DÉVORENT...

BRRROOOM

GUIN …
S'ILS ENFONCENT CETTE PORTE, JE TE DEMANDE DE NOUS ÉGORGER, RÉMUS ET MOI…

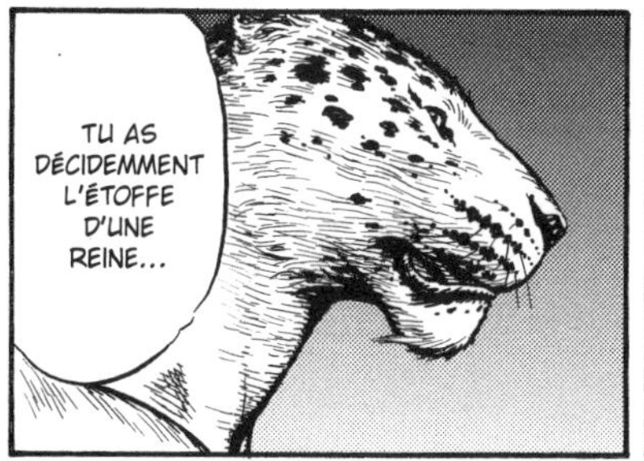
TU AS DÉCIDEMMENT L'ÉTOFFE D'UNE REINE…

BRRROOO

MAIS CE MO-MENT N'EST PAS EN-CORE VENU.

TANT QUE LE DERNIER RAYON D'ESPOIR N'A PAS CESSÉ DE LUIRE…
OU MÊME… AURAIT-IL DISPARU ET LA FIN SERAIT-ELLE LÀ ?

ESPÈRE !
ET PUIS BAS-TOI !

C'EST CELA, LA VÉRITABLE FIERTÉ !

BRRROOM

RECULEZ !!

SSSS

BRRROOO

BRRROOO

RRROOOO
QUOI !?

AÏÏÏÏÏ !

CRAAAAAC

!
FFFFESH

Aïïïï !
Aïïïï !

Aïïïï ?

FFFFSH
!

OUCH ...

BOUM

ÇA VA ?
OUI ...

JE ME SUIS SENTI FLOTTER, AVANT DE TOUCHER LE SOL...
OUI, MOI AUSSI !!

L'ESPACE D'UN INSTANT NOUS AVONS ÉTÉ AUSSI LÉGERS QUE DES PLUMES ...

OÙ ... OÙ CELA PEUT-IL BIEN MENER ?
L'IDÉAL SERAIT À L'EXTÉRIEUR DES MURAILLES ...
...

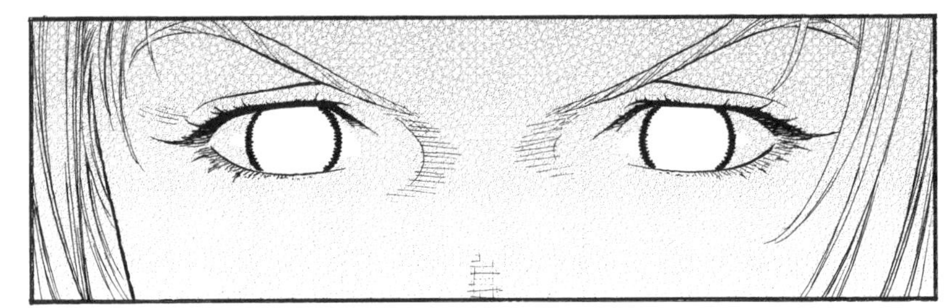

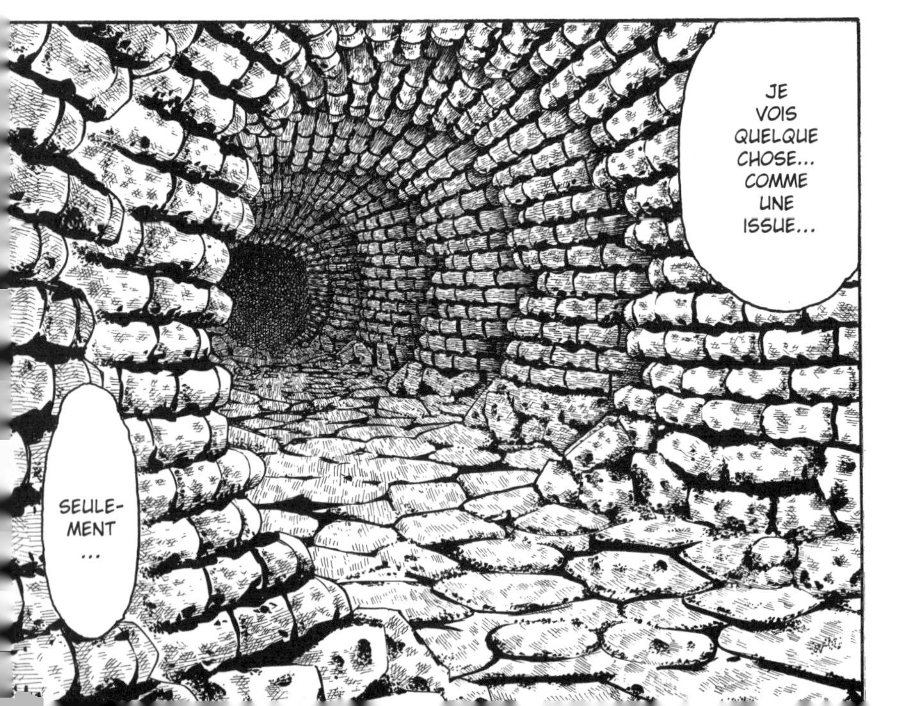
JE VOIS QUELQUE CHOSE... COMME UNE ISSUE...
SEULEMENT ...

JE VOIS AUSSI LA CHOSE LA PLUS ODIEUSE ET DÉTESTABLE QUI SOIT...

GUIN ...

LA SEULE CHOSE À FAIRE EST D'AVANCER...
RESTEZ PRÈS DE MOI, SURTOUT !

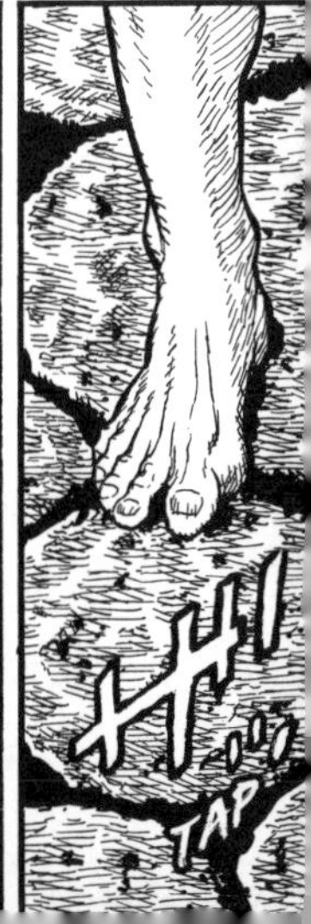
TAP

ÇA SENT TERRIBLEMENT MAUVAIS ...
LA MOISISSURE, LA POURRITURE...

LE SANG AUSSI…

ON N'ENTEND PLUS LES CRIS DES SEM, NI LES BRUITS DE COMBAT…
NOUS DEVONS ÊTRE DANS LES SOUS-SOLS LES PLUS PROFONDS.

J'AI DU MAL À RESPIRER…
FHH…
ET J'AI LA TÊTE LOURDE…
FHH…
…

?!

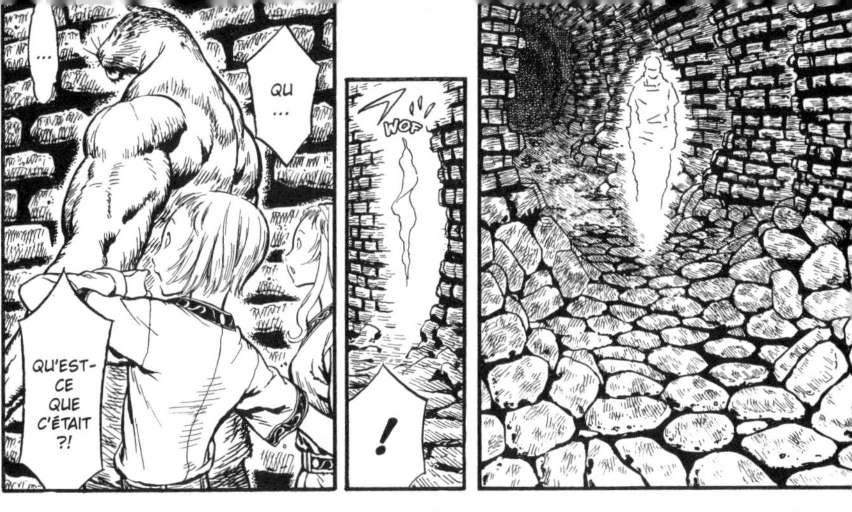
…
QU …
QU'EST-CE QUE C'ÉTAIT ?!
WOF
!

C'EST REMPLI DE MIASMES…
MIEUX VAUDRAIT ENCORE ÊTRE DANS LES ENFERS DE DOAL…

MA TÊTE EST DE PLUS EN PLUS LOURDE …

GUIN… JE… JE N'EN PEUX PLUS…
AVANCE, SI TU NE VEUX PAS D'UNE SI EFFROYABLE TOMBE !

TOC TOC !
GUI...

AAAAAH!

G... GUIN !!

JE RÊVE !
CES OSSE-MENTS NE SONT PAS CEUX D...

SI ...

LES VICTIMES SACRIFIÉES...
AU COMTE NOIR VANNON ?!

EXACTEMENT...
!!

LA SEULE CHOSE QUI EMPÊCHE MON MAL DE PRO-GRES-SER...
EST LE SANG ET LA CHAIR DE FRAÎCHES VICTIMES.

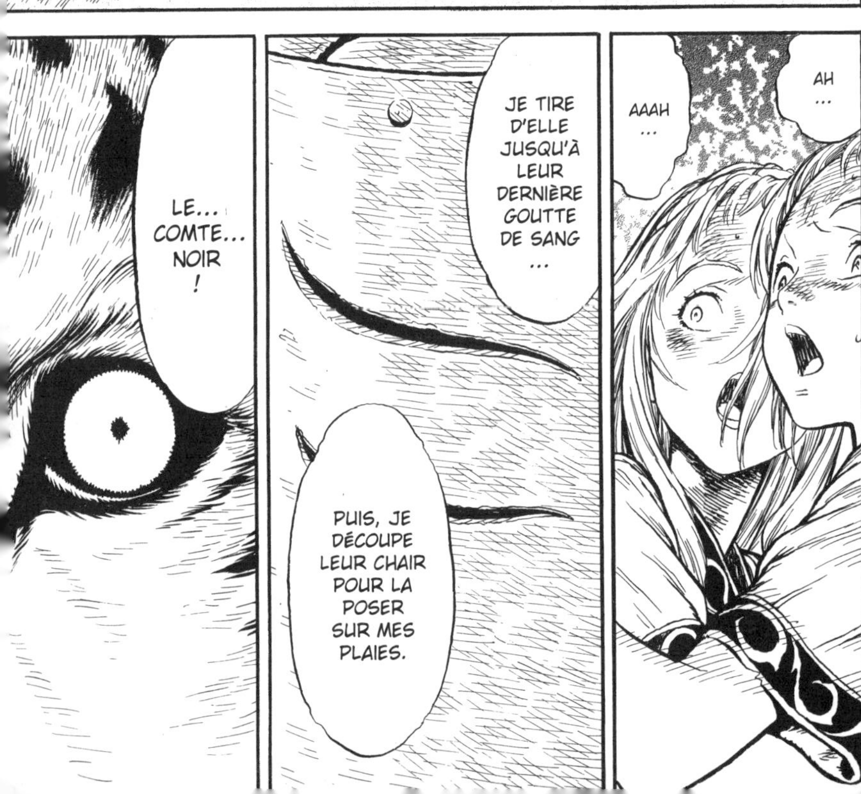
AH...
AAAH...
JE TIRE D'ELLE JUSQU'À LEUR DERNIÈRE GOUTTE DE SANG...
PUIS, JE DÉCOUPE LEUR CHAIR POUR LA POSER SUR MES PLAIES.
LE... COMTE... NOIR !

STAFOLOS EST TOMBÉE...
L'HEURE EST VENUE DE LIBÉRER LE MONDE GRÂCE À MA MALÉDICTION ...

GUIN SAGA
À SUIVRE...

GUIDE DE

Lorsque Sawada Hajime s'est lancé dans l'adaptation de la saga de Kurimoto, avec la bénédiction de l'auteure, il a dû prendre parti et choisir un point de vue unique pour ne pas laisser le gigantisme de l'œuvre le submerger d'informations.

Reconnaissant que ce qui l'avait toujours passionné dans Guin Saga, tout comme des millions de lecteurs, était avant tout le souffle épique de l'aventure, il choisit de coller aux personnages caméra au poing, laissant volontairement de côté les grands événements politiques à l'origine des événements, où le background culturel commun aux différents peuples présentés. Pour les lecteurs du manga qui auront envie d'aller plus loin, de comprendre ce que Sawada a conservé ou omis, voici un petit guide de lecture.

GUIN SAGA

YARN :

" Yarn, le dieu du Destin, sa longue barbe, ses sabots et sa queue fourchue en trois, dont l'œil unique voyait jusqu'à la fin des temps. "

C'est le troisième grand Dieu et le plus important de la saga. Sur son rouet, il tisse le fil du destin, comme les Parques de la mythologie grecque. La tapisserie qu'il confectionne en permanence, et sur laquelle il enchevêtre les fils de chaque destin individuel, forme par ses motifs d'une complexité infinie l'histoire partagée du monde.

II LES DIEUX

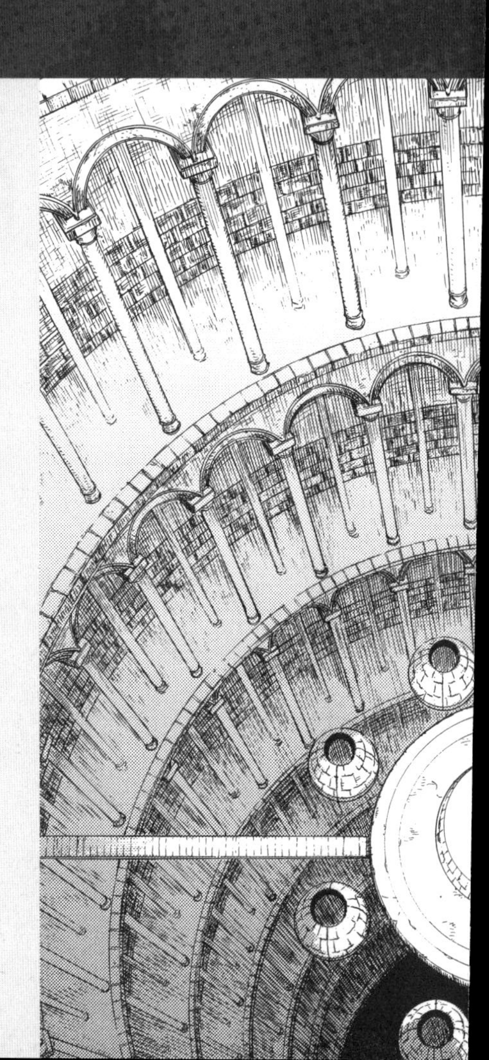

Janos :

Inspiré du dieu Janus de la mythologie romaine, il a un visage double. Celui d'un vieillard dont la sagesse se lit sur chaque ride, et celui d'un jeune homme aux joues fraîches, plein de fougue et d'innocence. Dieu de la vie dans toute sa splendeur, figure centrale du panthéon commun aux peuples humains de *Guin Saga*, Janos est celui que chacun appelle à l'aide dans les moments de détresse.

Doal :

Contrepoint total de Janos, Doal est le dieu de la Mort. Représenté sous la forme d'un guerrier puissant et habile aux armes, il est apparenté à la guerre, et c'est principalement sur des champs de bataille qu'on l'imagine, fauchant les humains.

Trois royaumes se partagent à peu près équitablement les régions habitables, Paroh, Gohra et Kéronia, tandis que de grandes plaines et forêts restent encore sauvages à cause des créatures terrifiantes qui les hantent.

Paroh :

Gouverné jusqu'à l'attaque de Gohra par le roi Aldros III, Paroh est le plus septentrional des trois royaumes. On sait peu de choses de sa dimension politique au début de l'épopée, car les jumeaux de Paroh sont étonnamment imperméables à ce genre de considérations (Linda, pourtant très responsable pour son âge, se contente de se focaliser sur l'attaque de Gohra, la trahison de Kéronia, mais il est peu question de le place de Paroh au sein du trio).

Sem :

Les Sem ne sont pas à proprement parler un peuple avec des terres aux frontières précises, mais une espèce, au même titre que les humains, au sein de laquelle on décompte plusieurs tribus, aussi xénophobes et rivales que le sont les royaumes humains.

III GÉOGRAPHIE

L'action de *Guin Saga* commence sur un continent étroit,
coincé entre les mers de Norn et de Lent,
encadré au Nord-Est par Nociphère,
et au Sud-Ouest par Hainam.

GOHRA :

C'est la contrée où débute l'histoire de *Guin Saga*. Personne ne sait comment les jumeaux, qui ont été vus pour la dernière fois dans la capitale de Paroh, à des centaines de kilomètres au Sud-Ouest du royaume, se sont retrouvés en quelques heures à l'extrême Nord du pays. Constituée de trois régions plus ou moins autonomes, on entend surtout parler, au début, du Mongaul, au cœur duquel se situe la forêt de Rood, et dont la frontière Nord fait face au gigantesque Nociphère. On ignore aussi tout des raisons qui ont poussé l'archiduc Vlad à se lancer dans une grande campagne d'invasion.

KÉRONIA :

On ne sait rien du troisième royaume au début de l'aventure, si ce n'est qu'il est situé au Nord-Ouest du continent, et que son roi, en laissant Gohra attaquer Paroh, a commis une bien sombre traîtrise.

transportés par des moyens mystérieux. Mais il n'est pas question ici d'enclave entre deux royaumes ennemis. Les Marches séparent la civilisation humaine des terres où règnent les démons et la sauvagerie. Tout comme le Fort de Stafolos, coincé entre une plaine fertile et une forêt hantée, théâtre d'affrontements entre les humains et les singes Sem, les Marches représentent une frontière, une fine zone d'équilibre entre deux natures opposées. Et c'est là qu'apparaît Guin, sans qu'on sache ce qui l'a amené ici. Toute l'histoire de ce héros tourne autour de sa dualité intrinsèque : il est à la fois homme et bête, un guerrier fabuleux, doué d'une grandeur d'âme sans commune mesure mais à l'apparence monstrueuse. Entre grandeur et décadence, civilisation et sauvagerie, sa quête est frappée du sceau de l'ambivalence, image récurrente à guetter au fil des pages pour mieux capter l'essence de *Guin Saga* (double visage du dieu Janos, jumeaux royaux, etc).

IV LES SYMBOLES

LE VIOLET :

Les pupilles des jumeaux sont de cette couleur insolite, qui représente la vision magique du monde. Si la signification de cette couleur est évidente dans le cas de Linda, du fait de son don de voyance cité très tôt dans l'histoire, on peut très naturellement estimer, à la couleur de ses yeux, que Rémus possède également un talent d'ordre surnaturel, même s'il n'en pas encore conscience.

LA FRONTIÈRE :

Tout le premier cycle de *Guin Saga* se passe dans un lieu précis appelé les Marches. Ce mot ancien, principalement employé au Moyen-Âge et à la Renaissance, représente une zone tampon, ce qu'on appellerait aujourd'hui un no man's land, qui sépare deux états ou régions en état de guerre froide. Souvent, c'est une zone livrée aux pillards et autres criminels, où règne un chaos sans nom. La saga des Jumeaux de Paroh débute dans cette région, après qu'ils y ont été

On notera que dans son enfance, Kaoru KURIMOTO aspirait à devenir mangaka. Inscrite au magazine COM - débuté en 1967 par Osamu TEZUKA - elle participa sans succès à de nombreux concours tout comme pour le S-F Magazine (S-Fマガジン) où elle sera finalement publiée et dont elle épousera le rédacteur en chef Kiyoshi IMAOKA (今岡清), désormais président de Tenro Production (天狼プロダクション), la société gérant les droits des œuvres de l'écrivaine.

L'Auteur est également connue comme compositrice sous le pseudonyme d'Azusa NAKAJIMA (中島梓), jouant parfois du piano - qu'elle a appris à maîtriser dès l'âge de 4 ans. À l'époque de l'Université, elle faisait partie d'un club appelé Harmonica Society (ハーモニカ・ソサエティ). Elle poursuivit par la suite comme claviériste du groupe Pandora (パンドラ) qui jouait alors du rock avant de s'orienter vers des compositions jazz. Elle s'intéressa aussi au théâtre en écrivant deux pièces de kabuki.

Julien Bodit (Mata-Web)

V PORTRAIT DE L'AUTEUR

Kaoru KURIMOTO

De son vrai nom Sumiyo IMAOKA (今岡純代), elle est romancière et critique littéraire japonaise, née le 13 février 1953 à Tôkyô. Issue d'une famille aisée, elle suivit sa scolarité à l'école Asami où elle participa au cercle Waseda Mystery Club (ワセダミステリクラブ) avant d'entrer en 1971 à l'Université Waseda, y étudiant la littérature et obtenant son diplôme en 1975. Elle débuta alors une carrière de critique littéraire en 1976, obtenant le 20e prix Gunzo Shinjin Bungakushô (群像新人文学賞) pour sa critique *Bungaku no rinkaku* (文学の輪郭, *Contours de la littérature*) de Kôdansha (講談社). Elle fit ses débuts professionnels de romancière avec *Bokura no Jidai* (ぼくらの時代, *Notre ère*) en 1978 qui fut récompensé par le 24e prix Edogawa Ranpo-shô (江戸川乱歩賞). C'est en septembre 1979 que sa plus longue série débuta avec le premier volume de *Guin Saga* (グイン・サーガ) : *Hyoto no Kamen* (豹頭の仮面, *le Masque du Léopard*).

Très prolifique, Kaoru KURIMOTO a à son actif près de 400 romans en 30 ans de carrière, publiant une vingtaine d'ouvrages chaque année.

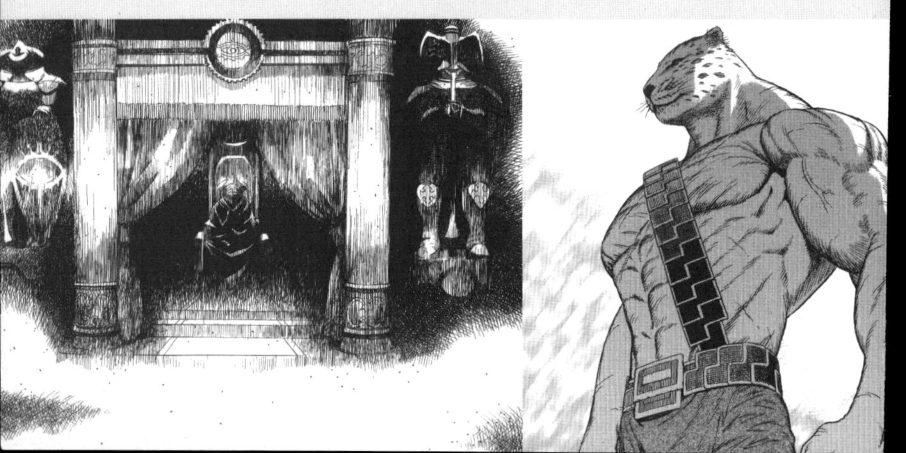

GUIN SAGA

ILLUSTRATION : NAOYUKI KATO

LA SAGA CONTINUE
EN FÉVRIER 2010 !!

Collection Seinen

Dorothéa, Le châtiment des sorcières
de Cuvie

Collection Seinen

Le Chevalier d'Éon
de Tou UBUKATA & Kiriko YUMEJI

Collection Seinen

Vampire Hunter D
de Hideyuki KIKUCHI & Saiko TAKAKI

Collection Seinen

Chrno Crusade
de Daisuke MORIYAMA

Collection Seinen

World Embryo
de Daisuke MORIYAMA

Collection Seinen

Crimson Cross
de Kyoko NEGISHI & Sakae MAEDA

Drug-On
de Misaki SAITO

Collection Shônen

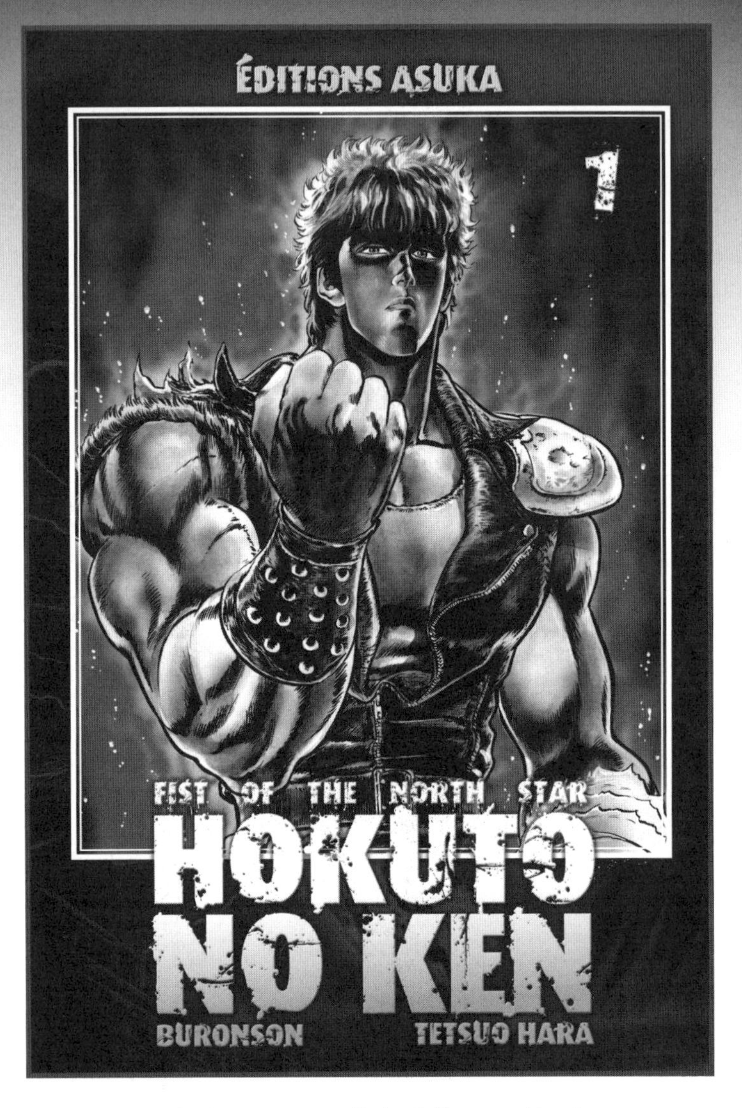

Hokuto no Ken, Fist of the north star
de BURONSON & Tetsuo HARA

Collection Shônen

Hokuto no Ken, La légende de Raoh
de BURONSON et Tetsuo HARA & Youkow OSADA

Collection Shônen

Nekoten
de Yûji IWAHARA

Collection Shônen

Zombie Loan
de PEACH-PIT

Collection Shônen

NABARI

de Yuhki KAMATANI

Collection Shônen

Moonlight, tsuki no tsubasa
de Masaki MACHI & Yu TACHIBANA

Collection Shônen

Initial D

de Shuichi SHIGENO

Collection Seinen

La traversée du temps
de Ranmaru KOTONE & Yasutaka TSUTSUI

Collection Seinen

Histoire originale :
Yasutaka Tsutsui
Manga :
Gaku Tsugano
1
LA TRAVERSÉE DU TEMPS
~ Les origines ~
ASUKA

La Traversée du temps, les origines
de Gaku TSUGANO & Yasutaka TSUTSUI

Collection Seinen

IKIGAMI, préavis de mort
de Motorô MASE

Collection Seinen

Bokurano, notre enjeu
de Mohiro KITOH

Collection Seinen

Gunslinger Girl
de Yu AIDA

Collection Seinen

Ergo Proxy, Centzon Hitchers and Undertaker
de Yumiko HARAO

Collection Shônen

My-HiME
de Hajime Yatate, Noburo Kimura,
Ken-etsu SATÔ Hiroyuki YOSHINO

Collection Shônen

My-OTOME
de Hajime Yatate, Tatsuto Higuchi,
Ken-etsu SATÔ Hiroyuki YOSHINO

GUIN SAGA vol.2

First published in Japan in 2007 by JIVE Ltd., Tokyo
French translation rights arranged with JIVE Ltd.
through Tuttle-Mori Agency, Inc., Tokyo

French edition in 2009
by Asuka Editions

Supervision éditoriale : Raphaël Pennes
Traduction : Jacques Lalloz
Adaptation & correction : Josselin Moneyron & Tiphanie Laffond
Lettrage & maquette : Jérémie Boudet
supervision graphique : Raphaël Pennes
Couverture : din

Adresse : 18-20, rue Ramus 75020 Paris
Site internet : www.asuka.fr
Email : info@asuka.fr

Achevé d'imprimer en France en octobre 2009
sur les presses de l'imprimerie CPI (Hérissey) à Évreux.

Dépôt légal : octobre 2009

Les ouvrages Asuka Éditions sont diffusés
et distribués par Interforum Editis.